KB239097

하느님은, 내가
여기 있는 줄도 모르시겠지

바바라 유르겐센 지음

이현주 옮김

당그래

마음이 가난한 이들을 위하여

목 차

하느님은, 여기 내가 있는 줄도 모르시겠지

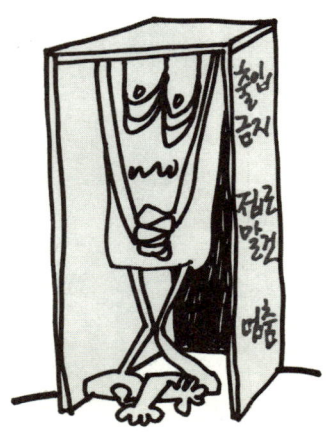

하느님은, 여기 내가 있는 줄도 모르시겠지

　　제가 말씀드리려는 것은, 이 우주라는 게 너무 커서 우리가 살고 있는 이 지구란 게 보잘 것 없는 점 하나에 불과하다는 것입니다.

　　— 내가 너를 만들었다.

　　그리고 이 땅 덩어리 위에 고물거리고 있는 수십억의 인간들 속에서 저 같은 존재야말로 바닷가의 모래 한 알 만큼도 중요하지 못합니다.

　　— 너는 나의 아이다.

　　그리고 제가 살게 된 이 시대 이전의 수 세기에 걸쳐 살았던 사람들…

　　— 나는 너를 네가 태어나기 전부터 알고 있었다.

　　그리고 제가 죽은 뒤에도 여전히 살게 될 숱한 사람들…

　　— 너는 나의 귀중한 것이다.

　　어떻게 하느님께서 저 같은 것에게 신경을 쓰실 시간이 있겠습니까? 아니, 제가 여기 이렇게 있다는 것을 아실 수나 있으시겠어요? 아마도 제가 이렇게 있다는 걸 모르실 것입니다!

　　— 내가 너를 만들었고 그러므로 너는 나의 아이다. 너는 지금까지 살아 온 그 누구 못지않게 나에게는 중요한 존재다.

　　제가요? 정말입니까?

자…。 난 이 신바람나는 일에
미쳐 있다구요 ㅇㅇㅇㅇㅇ

14

천당은 참 지루한 곳?

천당에 대한 이야기를 들을 때마다, 가고 싶은 마음이 들지 않아요.··· 그냥 앉아서 거문고나 뜯어야 한다니 말입니다! 그리고 치렁치렁 끌리는 흰 드레스를 입고 있어야 하는 저의 모습을 상상만이라도 해보세요. 게다가 온통 모든 세상이 진주로 된 문과 황금으로 된 거리라니 얼마나 끔찍합니까?

— 너는 이 지구상에 있는 것들을 즐기고 있느냐?

예··· 아주 많이 즐기고 있습니다.

— 예를 든다면?

예를 든다면, 나는 산을 좋아합니다. ···그리고 바다도··· 구름 사이로 찢어져 내리는 천둥 벼락도 좋고··· 고양이가 가르릉거리는 소리··· 차가운 눈··· 여름날 밤의 따스한 바람··· 나는 또 친구들이 좋고 웃음과 부엌에서 나는 빵 익는 냄새도 좋아합니다. 이 세상에는 제가 일일이 이름을 댈 수 없는 수많은 것들이 있고 나는 그것들을 모두 좋아합니다.

— 그러면 이 세상이 지루한 곳은 아니겠구나? 너에게 있어서 말이다.

지루하다니요? 천만의 말씀입니다.··· 이 지구 위에 있는 모든 진기한 것들을 저는 아직 맛도 보지 못했는걸요!

— 이 세상을 그토록 신나는 곳으로 만드신 하느님께서 천국을 위해서도 뭔가 이루어 놓으셨겠지.

어휴병

예수쟁이들은 어쩌래도 좀
이상한 치들이라니까……

기독인이 된다는 것은 망설여져요

저는 가끔 기독교인이 될까 하는 생각을 품어 봅니다. 그러나 스스로 기독교인이라고 하는 사람들을 보면, 그들이 하면 안 된다고 금지시키는 것을 보면, 정이 떨어져요.

— 예를 들면?

많지요 뭐. 이것도 하면 안 된다. 저것도 하면 안 된다. 그들은 오락을 즐겨도 안 된답니다.

— 물론 너는 그런 것들을 명령하신 분이 예수님이라고는 생각하지 않겠지?

뭐라고요?

— 그는 이렇게 말씀하셨다. "나는 삶(생명)을 주러 왔다. 나는 너희가 더욱 풍성한 삶을 누리게 하기 위하여 왔다."

그렇지만…

— 그리고 사람은 하느님께 복종할 것인지 사람에게 복종할 것인지를 스스로 선택할 수가 있다.

그렇지만, 제 생각에는…

17

좋아, 어쨋든 내손으로 결정
하늘 따위 걱정은 없으니까..

하느님, 왜 전쟁을 멈추지 않습니까?

하느님 저는 이해할 수가 없습니다. 당신은 참새 한 마리 땅에 떨어지는 것도 살펴보신다고 말씀하시면서, 사람들이 전쟁을 일으켜 서로 죽이고 도시를 폭격하며 5백만이 넘는 유다인이 수용소에서 죽어가는 것을 그냥 버려두십니다. 왜죠? 만일 당신이 그들을 사랑하신다면 왜 그들을 멈추게 하지 않으십니까?

— 너는 내가 사람들로 하여금 서로 죽이지 못하게 해야 한다고 생각하는 거냐?

그렇지요. 그들이 더 이상 서로 죽이는 일을 할 수 없도록 무슨 일이든 하셔야 합니다.

— 어떤 사람이 어떤 사람에게 상처를 입히려 할 때에는 어떻게 해야 하겠느냐?

그때도 그 사람들을 막으셔야 합니다. 그 누구도 다른 사람을 해롭게 하도록 허용되어서는 안 됩니다.

— 어떤 사람이 어떤 사람을 말로 해롭게 하려고 할 때는 어떻게 해야 하겠느냐?

그 사람도 막으셔야 합니다. 아무도 다른 사람에게 상처를 입힐 말을 하도록 내버려 두어서는 안 됩니다.

— 어떤 사람이 만일 자기 자신을 죽이거나 상처를 입히려고 한다면?

그런 짓도 못하게 막으셔야 합니다. 사람은 자기 자신이라 해도 죽이거나 해롭게 하도록 버려두면 안 됩니다.

— 그렇다면 너는 누구든지 자신이나 또는 남을 해롭게 하고 상처를 입힐 만한 말을 하거나 행동을 하도록 버려두면 안 된다는 그런 말이냐?

그렇습니다.

— 그렇다면 사람들은 오로지 좋은 생각만 하고 좋은 일만 말하고 행동할 수 있을 따름이겠구나…

그렇지요.

— 어떤 사람이 더 이상 자기가 무슨 말을 하고 무슨 짓을 할 것인가를 선택할 수 없다면 그는 사람으로 자랄 수가 없을 것이다. 사실 그는 더 이상 사람이 아닌 것이다. 만일 그가 좋은 일만 선택할 수 있게 되었다면 그는 꼭두각시다.

그렇지만. 세상은 그런 방면으로 더 좋아질 것 아닙니까?

— 그런 식으로 사람들에게, 다른 사람에게 관심 갖는 것을 배우며, 사람다운 사람으로 자라고 살아갈 수 있는 기회를 마련해줄 수 있겠느냐?

"죄"라는 단어를 벗어던집시다!

"죄"는 분명히 천박한 말이라
는 말씀야 .....

"죄"라는 단어를 벗어던집시다!

제가 도무지 참을 수 없는 단어가 한 마디 있다면, 그것은 "죄"라는 단어입니다. 그것은 낡아빠진 단어입니다! 불건전하고 괴상한 단어예요!

— 그것을 벗어 던지고 싶은 거냐?

맞습니다. 그것은 없어도 괜찮은 단어입니다.

— 좋다. 그렇다면 언젠가 네가 죽어서 하느님 앞에 서게 될 그날에 대하여 생각해본 일은 있느냐?

하느님 앞에 서다니요! 저는 결코 그런 일이 생기지 않기만을 바라고 있습니다. 제가 무슨 말을 하겠어요?

— 무슨 뜻이냐?

말하자면, 저는 제가 이렇게 살아야지 하고 바라는 대로 꼭 그렇게 살지는 못했습니다.

— 누구든지 다 그렇지.

제가 저지른 온갖 못된 일들과 얼굴을 맞댄다는 건 생각만 해도 괴로운 일입니다. 저는 그런 짓을 원하지 않아요.

— 그런 것들은 어떻게든 피하고 싶겠지…

그래요.

— 그런 말과 행동과 생각은 네가 자랑스럽게 여길 수 없는 것들이니까…

네, 그렇습니다.

— 네가 저지른 이 모든 잘못된 것들을, 뭐라고 부르면 좋겠니?

모르겠어요. 하지만 그것들을 가리키는 말이 있긴 있어야겠군요!

...이거 정말 미칠
노릇 입니다.

나 따위를
글쎄,
신설한
하느님의 종파
비교
하다니요...

24

하느님 앞에서 나는 정말 못난 놈입니다

굳이 저에 기분이 어떤 것인지를 알고 싶으시다면, 말씀드리겠어요. 저는 지금까지 살아온 저의 인생에 대해서 자랑스럽게 여기지를 않습니다. 그러니만큼 하느님께서도 저에 대하여 무슨 유별난 생각을 품으시리라고 기대하지도 않습니다.

— 너는 나의 아이다.

저는 하느님께서 무엇을 기대하시는지 알고 있어요. 하느님께서는 우리가 진짜로 착하게 살면서 교회에 잘 나가고 친절한 행동을 할 것을 기대하고 계십니다.

— 나는 너를 사랑한다.

저는 그렇게 애써 왔어요. 그러나 이젠 포기했습니다. 저는 절대로 하느님께서 기대하시는 그런 사람이 될 수 없을 것입니다.

— 너는 내 아이고 나는 너를 사랑한다… 내 모습 그대로를.

그러므로 이제 저로써는 기독교인이 된다는 것은 생각조차 할 필요가 없게 되었습니다. 저는 그렇게 살아 낼 소질조차 없어요.

— 나는 네가 지금 있는 그대로 사랑한다. 사랑이란 이런 게 아니겠니?

제가 지금, 마땅히 그런 사람이어야 하는 상태로부터 먼 거리에 떨어져 있어도요?

— 바로 그것을 해주기 위하여 예수님이 오셨다… 너에게.

저에게요? 정말이십니까?

그렇지 않아도 고달픈 인생
살이에 보험이라니 ....

만일 바울로가 보다 더 나와 비슷한 사람이었다면
그의 인생은 대개 이러했으리라

다마스커스로 가는 길에서: 이 눈부신 빛은 무엇일까? 그리고 자신이 하느님의 아들이라고 말하고 있는 이 사람은 누굴까? 오, 아무려면 … 이런 일에 너무 지나치게 흥분할 건 없겠지.

그 후에: 베드로는 예수가 하느님의 아들이라고 믿는 모양인데, 재미있는 생각이야.

그 후에: 기독교인들 박해하는 일을 그만 둬야겠다. 이곳저곳 돌아다니며 그들을 잡아들이는 일을 하기엔 이 몸이 너무 늙었단 말이다.

그 후에: 사방으로 천막을 팔러 다니는 동안에 사람들에게 이 새로운 기독교 신앙에 대하여 말해 줄 수는 있을 것 같다. 만일 그들이 나를 환영하고 아무런 핍박도 가해오지 않는다면.

그 후에: 날 좀 보라고! 나는 마을에서 도망쳐 나왔고, 감옥에 갇혔고, 거의 죽을 정도로 굶기도 했고, 파선도 당했고, 죽도록 매도 맞았다. 이런 일을 당할 까닭이 뭐람! 고향인 다르소에 돌아가 한적한 시장 골목에 천막 가게나 차려야겠다. 기독교 신앙을 전하기 위하여 내가 얼마쯤 노력한다고 해서 무슨 큰 변화가 일어날 것도 아니고! 무엇보다도 지금 나에겐 안정된 생활이 필요해.

천당엘 가서·· 내발을 목슬
받으시게 된다. 당연히····
음··아····. 그러··· 나··까···
조금만 기다리면 ····。

피네스 C.P. 퀸느베크의 거창한 입성

그는 이 세상에서 매우 영향력이 큰 부자였다. 그가 전 세계에 퍼져있는 자기 사업체의 경영인에게 "이렇게 하라" 혹은 "저렇게 하라"고 지시를 하면 수천 명의 사람이 거기에 따라 움직여야 했다.

그러나 그도 세월은 당할 수 없는지라, 마침내 나이가 많아지고 고질병이 그의 몸을 갉아먹기 시작했다. 그는 자기 뼈가 삐꺽거리고 몸의 온기가 점점 내려가기 시작하는 것을 느꼈다. 그러던 어느 날, 그는 웬 낯선 진주문 밖에 서 있는 자신을 보았다.

"나는 가장 중요한 인물이었다"하고 그는 자신에게 말했다. "이 피네스 C.P.퀸느베크를 위해 붉은 양탄자를 깔아놓고 나의 도착을 알리는 나팔을 불어 줄게다. 연설을 한 마디쯤 준비해야할 지도 모르겠군."

천당에 들어가기를 기다리면서, 도대체 세상에서 사람들이 자기를 환영하던 것보다 어떻게 더 거창하게 자기를 받아들여 줄 것인가를 궁금하게 생각하고 있는데 갑자기 거대한 문 하나가 열리는 것이 보였다.

성 베드로가 문 밖으로 고개를 내밀고는 그에게 오라는 신호를 보냈다. 그가 문 앞으로 달려가자 베드로는 문을 활짝 열고 그를 받아들였다.

"따라오게. 자네가 거처할 곳을 보여주겠네"하고 베드로가 앞장을 섰다.

천당의 아침빛이 눈부시게 빛났다. 거리를 내려가면서 그는 건물들의 웅장함을 보고 놀라지 않을 수 없었다. 그것들은 그가 세상에 있을 때에 보았던 그 어느 것보다도 훌륭했다.

"나도 꽤 호화판 저택에서 살아봤지만, 이것들과는 비교가 안 되는구나!"

하고 그는 생각했다. 그들은 상상도 할 수 없이 아름다운 궁전들을 지나쳤다. 그들은 계속 걸었다.

궁전의 지붕은 순금이었고 창문들은 모든 백금들이었다. 그것들은 갈수록 더 휘황찬란했다! "이런 식으로 가다가 내게 돌아올 집은 뭐라고 설명할 수도 없는 기찬 것이겠구나" 하고 그는 속으로 중얼거렸다.

갑자기 그들은 모서리를 돌았다. 그를 안내하는 베드로의 걸음이 빨라졌다. 마침내 또 다른 모서리에 닿기 전에 그들은 다 쓰러져가는 낡은 건물들 앞에 섰다. 녹슨 돌저귀에 매달린 문이 덜커덩거리고 오래된 창문은 깨어져 바람이 드나들고 바닥은 금이 가 있는 어느 건물을 베드로가 가리켰다. 깨어진 벽 틈으로 쥐들이 들락거리는 것이 보였다.

"들어가게. 바로 이 집이야" 하고 성 베드로가 말했다.

"뭐라고요?" 지독한 냄새 —양배추 볶는 냄새, 썩은 쓰레기더미 냄새— 들이 그의 비위를 뒤집어놓기 시작했다. 그는 얼굴이 파랗게 질렸다.

"어서 들어가라고!" 성 베드로가 다시 말하며 그를 건물 안으로 밀어 넣었다.

복도는 온통 사람들의 역겨운 냄새로 가득 차 있었고, 마치 온 지구상의 인간들이 모두 한 곳에 모여 있는 것 같이 보였다.

"자네 방은 맨 위층에 있네" 하고 성 베드로가 말했다. 그들은 층계를 올라갔다. 삐걱거리는 층계를 올라갈수록 벽은 온갖 손때로 더럽혀져 있고 건물은 낡아져 있었다. 4층의 어느 지붕 밑 방에 이르러 성 베드로가 열쇠로 문을 열더니 그를 밀어 넣었다. 어두컴컴한 그의 방 안에는 하나 밖에 없는 더러운 창문으로 희미한 빛이 겨우 새들었다.

그것은 방이라고 할 수도 없었다. 비죽이 나온 서까래들 때문에 깊이 들어갈 수도 없는 초라한 헛간 같았다.

"자. 그러면… 나는 돌아가겠다." 하고 성 베드로가 말했다.

"뭐라고요? 이럴 수가 있소! 나는 이런 데서는 살 수가 없어요! 이것도 방이요?"

그러자 성 베드로가 손가락으로 어두운 방 안을 가리켰다. 차츰 차츰 어둠 속에서 헐렁한 부엌살림과 책상, 의자, 접시 따위 그리고 초라한 침대도 보였다. "변소는 1층에 있네"라고 베드로가 덧붙여 말했다.

"하지만 왜, 왜 내가 이런 데 살아야 합니까?"

"당신은 영향력 있는 부자였어. 이 빌딩은 당신 동료가 소유했던 것이지. 당신은 이것을 그에게 넘겨주며 스스로에게 말했다. '사람들은 자기네가 무관심해서 그렇게 사는 거야. 만일 진정으로 원하기만 한다면 보다 더 잘 살 수가 있지.'"

"그러지만…"

"당신은 이 빌딩을 전혀 수리하지 않았어. 그래서 이 빌딩으로 많은 돈을 벌었다."

"그러나…"

"이곳 천당에서도 사람들은 세상에 있을 때의 철학에 따라 그대로 살게 된다. 당신은 늘 사람들이 일만 잘 하면 당신처럼 잘 살 수 있을 것이라고 말했지. 당신 말대로 이제 곧 당신은 일을 하러 나가야 하겠군. 당장."

"그렇지만…"

"날마다 당신회사의 노동자 십장이 저 아래 모서리에서 그날 일할 고용인을 모집한다. 오! 그런데 당신에게는 아무런 연장도 없군! 낫도 호미도 대패도 없나? 그렇다면 할 수 없이 막노동이나 해야겠군!"

"오늘 일을 얻지 않는다면?"

"내일은 얻어야겠지!"

"나는 아무 것도 안 먹겠소!"

"좋도록…"

"십장에게 내가 누군지 말해주겠소! 그러면 당장 나를 여기서 꺼내줄거요."

"당신은 더 이상 당신이 아니다. 그들은 다만 '퀸느베크는 죽었다'라고 말할 것이다."

"그렇지만…"

"일거리가 모두 없어지기 전에 빨리 모퉁이로 나가는 게 좋을 것이다."라고 말한 뒤 성 베드로는 떠났다.

고 피네스 C.P.퀸느베크는 창문을 향해 발을 옮겨 놓다가 비스듬히 내려온 대들보에 머리를 호되게 부딪쳤다. 그의 이마에서 피가 흘러내리기 시작했다. 그는 급히 선반 위의 약상자를 열어 보았다. 붕대는 없었다.

물론 나는 평화를 버리지 … 몽
않지만 나까지 가담할 필요가
없는건가 … 몽 ○○○○。

왜 하느님은, 우리의 기도를 들으시어 이 세계에 평화를 주시지 않는가?

해마다 평화의 주일만 되면 저는 평화를 위하여 기도했습니다.…

— 그래.

여러 해 동안…

— 그래.

그런데 지금도 여기저기에서 전쟁이 계속되고 있습니다!

— 그렇다.

그러므로 제가 알고 싶은 것은 이것입니다. 왜 하느님께서는 우리의 기도를 들으시어, 이 세상에 평화를 주시지 않으시는 겁니까?

— 나도 한 가지만 묻자. 이 세상에 평화를 가져오기 위하여 너는 무엇을 했느냐?

제가 무엇을 했느냐고요?

— 전쟁이란 사람이 사람과 맞서는 것이다. A라는 단체가 무엇을 원하면 그것을 얻기 위하여 B라는 단체와 싸운다.

그렇습니다.

— 사람이 사람에 맞서는 것, 이것이 전쟁이다.

그렇지요.

— 그러나 사람이 서로 관심을 가지고 사랑하며 사는 것, 이것이 평화다.

그렇겠군요.

— 그러므로 만일 누가 평화를 기도하면서 평화를 창조하는 데 보탬이 될 일을 하지 않는다면, 그것은 하느님께서 억지로 사람들을 간섭하여 서로 사랑하고 서로 관심을 갖도록 강제하실 것을 기도하는 게 아니겠느냐? 하느님은 어떤 대가를 치르더라도 사람을 꼭두각시로 만들지는 않으신다.

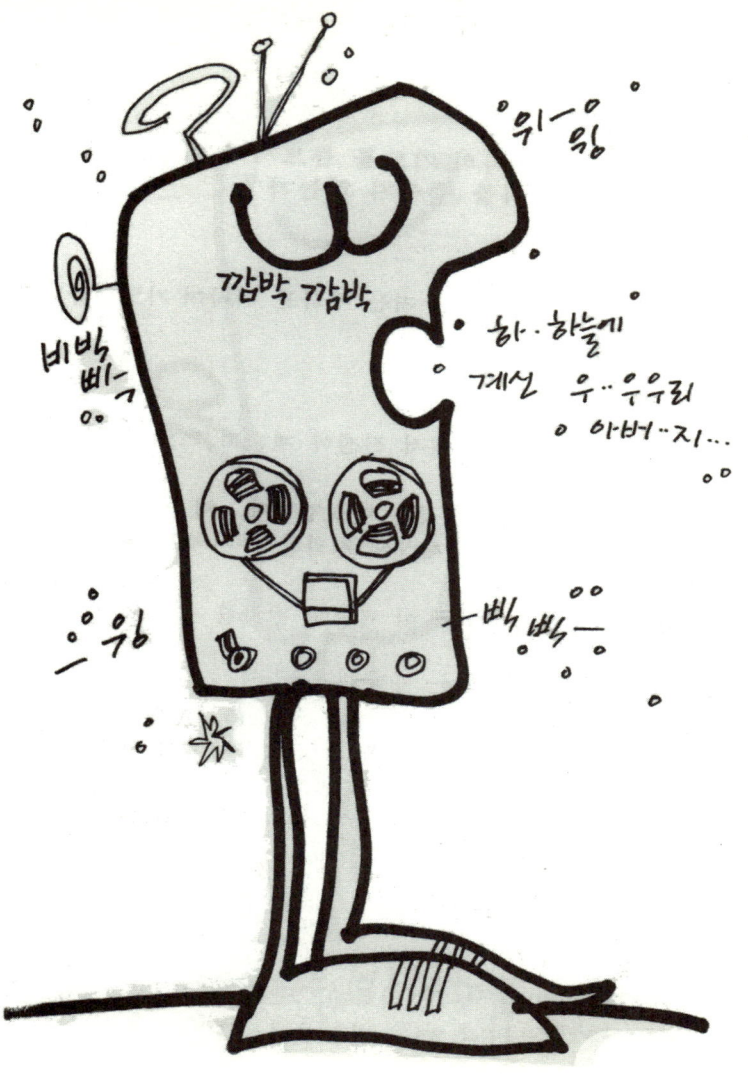

0일, 0시

상당히 오랫동안, 더시다이드 스미드는 다음과 같은 확신을 품고 있었다. 즉, 사람이란 장성하여 부모를 멀리 떠나 살게 될 때 반드시 자기를 이 세상에 태어나게 한 그들과 어떤 긴밀한 접촉을 계속 유지해야만 한다는 것이다.

그래서 그는 정기적으로 1주일에 한 번씩 먼 곳에 있는 부모에게 전화를 걸었다.

전화에 아버지가 나오면 그는 말을 시작했다. "캘리포니아에 계신 나의 아버지. 당신의 이름이 높이 기림을 받으시기를 빕니다. 즐거운 날을 보내시고 하시는 일이 잘 되시기를 비오며…"

어머니가 전화에 나오면 그는 이렇게 되뇌곤 했다.

"잠들기 전에 내가 당신을 부릅니다. 언제나 건강하시기를 비오며 내가 만일 오늘 밤 잠자리에서 다시는 일어나지 못한다면 나를 슬퍼해 주십시오, 나를 위하여."

그의 일과는 결코 변하지 않았다.

그 이상 다른 말을 더 붙이는 일도 결코 없었다.

다른 말을 하는 법도 없었다.

전화할 때마다 그의 부모는 그의 말을 가로채려고 애를 써보았다. 그러나 늘 그는 일사천리로 자기 말을 끝까지 늘어놓았다. 그리고는 전화를 끊는 것이다.

그의 부모는 뭔가 아들에게 들어보고 싶은 게 있었다. 그리고 아들에게 말해 줄 것도 있었다.

　　그러나 더시다이드는 앵무새처럼 자기 말을 되뇌고는 부모에게 말할 시간을 주지 않았다.

　　그의 부모는 아들에게 편지를 썼다.

　　"사랑하는 아들아, 우리는 너의 사정이 어떤지 좀 알고 싶구나! 제발, 우리와 이야기를 좀 하자!"

　　더시다이드는 그들의 편지에 아무런 대꾸도 하지 않았다.

　　어느 날, 그날도 "잠들기 전에 내가 당신을 부릅니다…"하고 중얼거리고 있었다. 그런데 심한 재채기가 나오려고 했다. 그 바람에 그만 말을 잊고 말았다.

　　"내가 만일 오늘 밤… 내가 만일 오늘 밤… 내가 만일 오늘 밤……"

　　그는 고장 난 전축처럼 같은 말을 되풀이하였다.

　　이때를 틈타 그의 어머니가 소리를 질렀다.

　　"더시다이드! 내 말을 들어라. 너의 아버지와 나는…"

　　그러나 소용이 없었다. 더시다이드는 같은 말을 계속 되풀이할 뿐이었다. 같은 말을 하고 또 하고 다시 하고…

　　마침내 그의 어머니는 아들의 말을 끊고 자신의 말을 들려주려는 노력을 포기하고 수화기를 내려놓았다.

　　"참말로 안 된 일이에요!"하고 그녀는 더시다이드의 부친에게, 의자에 몸을 묻으며 말했다.

　　"어떤 사람들은 자기 부모에게, 꼭 하느님에게 말하듯이 말한단 말이에요!"

상

"여보세요…엘리스 브라운 씨인가요?"

"그렇습니다…"

"저는 '무엇일까요' 프로그램 담당자, 필 스톤입니다"

"어머나! 정말이셔요?"

"네, 맞아요. 브라운 양. 당신이 오늘의 인물이 누구인지 알아맞히신다면 상을 보내드리겠어요…"

"어쩌면!"

"자, 우리가 지금 생각하고 있는 인물이 누구인지 알아맞혀 보세요. 정확한 이름을 대시면 상을 드립니다. 상은 다름 아니고 바로 그 저명한 분과 당신과의 3분 데이트를 우리가 주선해 드리는 것입니다."

"얏호!"

"그 저명한 분과 단독으로 3분간 만난다는 건 참 굉장한 일이지요!"

"제 가슴이 막 터질 것 같아요!"

"자, 브라운 양. 그리 어려운 일도 아닙니다. 그러니 긴장을 푸시고 진정하십시오. 이 분은 매우 널리 알려진 분입니다…"

"우리 시의 시장님이신가요?"

"아닙니다."

"주지사님인가요?"

"아닙니다… 주지사보다 더 유명한 분이죠."

"어머나… 그, 그러면, 오! 이름이 생각나지 않는데… 영화배우… 허드…

허드 하트비트 씬가요?"

"아닙니다. 아니에요. 브라운 양… 허드 하트비트 씨가 아닙니다. 그보다 더 저명한 분이예요. 생각해 보십시오. 세계적인 분입니다."

"알겠어요. 유엔을 이끌고 계신 분… 이름은 모르겠지만 유엔의 사무총장님이시죠?"

"아닙니다. 그분도 아니에요. …브라운 양. 다시 생각해보세요. 유엔 사무총장보다 훨씬 더 중요한 분입니다. … 맞추시면 이 분과 3분 동안 단독으로 만나시는 겁니다. 제가 작은 힌트를 하나 드리지요. 브라운 양은 교회에 나가십니까?"

"예… 저는 교인이에요."

"그러면 기도는 하십니까?"

"하지요. 물론 합니다."

"그렇다면… 이 문제는 아주 쉽게 대답할 수 있겠군요. 당신은 기도하실 때 누구에게 하십니까?"

"하느님께 하죠."

"맞았습니다! 브라운 양. 당신은 상을 타게 되었어요!"

"뭐라고요?"

"상을 타게 됐다고요. 정답을 대셨으니까요. 정답은 '하느님'이었습니다!"

"제가 상을 타게 됐다고요? 어쩌면! 여보세요."

"무슨 일입니까? 브라운 양!"

"그러면 하느님과 3분간 이야기하는 것이 상이란 말인가요? 기가 막혀!"

"뭐, 뭐라고요?"

어떤 때는 멍청해진 자신을

어떨 때 나는 멍해집니다. 무슨 말씀이냐 하면 나는 내가 기독교인이라는 사실을 잘 알고 있습니다만, 산다는 게 도무지 시시하고 단조롭게만 생각된다, 이 말씀입니다.

— 그래.

산다는 게 도무지 맥 빠지고…트릿하고 시들하기만 해요. 아무래도 넋이 빠져나간 것 같습니다.

— 너는 내가 너에게 이 세상에서 해야 할 일을 맡겨준 것을 잊었느냐?

글쎄요. 잊지는 않은 것 같습니다. 그러나 모두 헛수고만 같아요. 당신의 일을 해야 한다고 생각하는 나는 누구냐 말입니다.

— 너는 네 힘으로 그 일을 해서는 안 된다.

아, 잊고 있었군요. …나에게는 거룩한 성령이 계시다는 것을!

기는 거야...

□ 보통사람, 들어가다

마지막 문으로

밀로 머취는 백인이었다. 밀로에게 있어서 백인은 언제나 옳았다. 밀로는 평생토록 백인이 옳다고 생각했다. 진주로 된 문 앞에 이르렀을 때 그는 자신이 백인이라는 사실을 거창한 수화물처럼 떠메고 있었다.

성 베드로가 그를 문에서 만났다. 이른 아침이었으므로 성 베드로는 잠시 망설였다.

"오, 머취 씨! 안녕하시오? 그런데 너무 일찍 오셨군. 우리는 당신이 이렇게 일찍 올 줄을 모르고 미처 당신을 환영할 준비를 갖추지 못했소. 하지만 너무 신경 쓰지 마시오. 우리가 마무리 작업을 조금 더 하는 동안 천사 하나를 보내어 당신이 살 천당의 모습을 구경시켜드리도록 할 테니까."

그는 천사 하나를 손짓으로 불렀다. 그렇게 되어 밀로와 그의 안내자인 천사는 나란히 길을 떠났다.

길모퉁이에 이르러 그들은 시가지로 가는 버스를 기다렸다. 버스에 탔을 때 밀로는 검둥이들이 버스 뒤 칸에 몰려 앉아 있는 것을 보고 기분이 좋았다. 그들은 아름다운 주택가를 지나쳐 갔다. 그 집들의 뜰에서는 백인 아이들이 신나게 놀고 있었다.

버스는 넓은 길을 벗어나 이번에는 좁은 골목으로 들어섰다. 밀로는 더러운 집들 사이에서 검은 피부의 아이들이 놀고 있는 것을 보았다.

버스는 다시 넓은 길로 나섰다. 옷 잘 입은 백인들이 거닐면서 상점 안을 들여다보기도 하고, 아름다운 모습으로 즐기고 있는 게 보였다. 버스가

44

정거장에 멈추었다. 천사가 말로에게, 내려서 음식점에 들어가 뭘 좀 먹자고 했다. 음식점에 들어갔을 때 밀로는 '백인 전용'이라고 써 붙인 팻말을 기분 좋게 바라보았다.

식당 안에서는 흑인들이 시중을 들었고 갈색 인종들이 창문을 닦고 있었다. 음식을 먹는 사람들은 모두 백인이었다. '마땅히 이래야지'하고 밀로는 생각했다. '모든 것이 제대로 되어 있군!'

다시 버스에 올라타자 이번에는 버스의 운전사가 흑인인 것을 발견했다. 그리고 다른 차들도 모두 흑인이었음을 기억해냈다. 그는 일하는 사람들—잔디 깎기, 집 칠하기, 쓰레기 치우기, 수도관 수리 등—은 모두 흑인이라는 사실을 알게 되었다. 백인들은 먹고, 방문하고, 놀고, TV를 보고… 도무지 즐기는 일 말고는 아무 일이 없는 것 같았다.

'역시 인간 세상보다 잘 돼 있군'하고 그는 생각했다. 버스 창문으로 그는 모든 음식점, 극장, 호텔들의 정문에 "백인 전용"이라고 써 붙인 간판을 볼 수 있었다.

그들은 다시 성 베드로가 기다리고 있는 곳으로 돌아왔다. 흐뭇한 기분으로 밀로는 버스에서 내렸다.

성 베드로는 밀로를 한결 여유 있는 태도로 맞았다.

"이제 당신을 공식적으로 영접할 준비를 갖추었소"하고 그가 말했다. 성 베드로는 밀로를 높은 단상의 의자에 앉혔다. 밀로가 앉자마자 악대가 음악을 연주하고 곡예사들이 곡예를 부리기 시작했다. 누군가가 호루라기를 불자 오색 풍선이 하늘로 올라갔다.

악대의 연주가 끝나고 곡예사들의 인간 피라미드 쌓기도 끝나고 마지막 풍선이 모습을 감추자 성 베드로는 밀로의 손을 잡고 "당신을 환영하오! 이곳에서 행복하게 사시기를 바랍니다. 참! 말로 해줄 게 하나 있소. …여기 사는 사람들은 좀처럼 자기네와 같은 피부색의 사람이 아니면 사람으로 여기지 않는 성격이 있어요."

성 베드로가 말을 하고 있는 사이에 밀로는 갑자기 발바닥에서부터 머리 끝까지 통과되는 짜릿한 느낌을 느꼈다. 그리고 그는 성 베드로와 악수를 하고 있는 자기의 손이 전보다 더 검어진 것을 보았다. 실제로 그의 손은 점점 검어졌다.

"이제 당신의 새 집으로 가시오." 하고 성 베드로가 말했다. "행복하시기를!"

밀로가 검게 변한 자기의 손과 발을 보면서 믿을 수 없어하는 동안, 천사는 그를 데리고 다시 버스에 올랐다.

이번에는 뒷자리에 앉아야 했다.

당신의 통화는 불통인데요

간밤에 나는 주님의 기도를 드리기 시작하였다. "하늘에 계신 우리 아버지." 그 때 전화 교환수 같은 목소리가 들려왔다.

"미안합니다… 당신의 통화는 불통인데요…"

"뭐라고요?"

"도움이 필요하시거든 다이얼 114에 물어보세요."

"여보시오" 하고 내가 말했다. "나는 지금 기도를 드리고 있는 중이오…"

"죄송합니다." 하고 그 목소리가 말했다. "그렇지만 3월 3일까지는 기다려주셔야 겠습니다."

"3월 3일이라니! 무엇을 그때까지 기다리란 말이오?"

"세계 기도 일에 대한 말을 들으셨을 텐데요."

"들었오…"

"올해의 세계 기도 일을 3월 3일입니다. 그날까지는 통화가 되지 않으니까 기다리셔야 합니다."

"지금은 기도를 할 수 없단 말이오?"

"그렇습니다."

"이제부터는 1년에 단 하루만 기도드릴 수 있다, 그 말이오?"

"네, 그렇습니다."

"터무니없는 소리를 하는군! 누구든지 자기가 원하는 시간에 얼마든지 기도를 드릴 수 있어요. 어느 날이든지!"

"바로 그게 문제입니다. 그 기회를 제대로 활용하는 사람이 너무나도 적어서 통화선을 365일 열어두는 것이 불가능하게 되었어요. 그래서 연구한 결과 1년에 하루만 통화선을 연결해도 긴요한 통화는 모두 할 수 있다는 결론이 나왔습니다."

"하지만 어떻게 1년에 하루 만으로 기도 생활을 해나갈 수 있겠소?"

"미안합니다. 그 점에 대해서는 말씀드릴 게 없군요."

나는 이 고상한 목소리가 우연히 혼선된 것으로 여기고 계속하여 기도를 하려고 했다.

"이름을 거룩하게 하시며…"

그러자 또 다른 목소리가 끼어들었다.

"죄송합니다. 당신의 통화는 불통인데요…"

나는 무릎을 펴고 일어나 침대에 기어 올라갔다.

성령을 이해할 수 없어요

하느님 하시는 일을 도대체
이해를 못하겠거든ㅇㅇㅇㅇ

성령을 이해할 수 없어요

나는 하느님이 우리의 아버지시고 온 우주의 창조주이심을 이해할 수 있습니다. 그리고 그의 아들 예수께서 우리를 위하여 이 땅에 오신 것도 이해가 됩니다. 그러나 성령에 관해서는 도무지 알 수가 없어요. 감을 잡을 수조차 없습니다. 말하자면, 우리가 그 분을 어떻게 생각해야 하겠느냐는 겁니다… 하얀 새로? 눈에 보이지 않는 정신으로? 갑자기 부는 바람 또는 불꽃으로? 도무지 성령에 대해서는 짐작조차 할 수가 없어요!

— 너는 가끔 텔레비전을 보는 것 같더라.

예. 보지요…

— 방송국 스튜디오에서 나오는 소리를 바로 듣거나 사진을 바로 보지는 못하겠지? …내 말은 텔레비전의 다이얼을 맞추기 전에는 듣지도 보지도 못한다는 말이다.

그렇지요, 못 보지요…

— 그렇다고 방송국에서 보낸 소리나 사진들이 네 방 안에 없는 건 아니지. 그것들은 네 방 안에 있어. 다만 너의 감각기관이 제한되어 있어 그것들을 잡아내지 못한 것이지.

맞습니다.

— 지금 바로 이 순간에도 방송국에서 보낸 소리와 사진들이 너를 감싸고 있다. 그런데도 너는 그걸 전혀 모르고 있어.

그렇겠군요.

— 마찬가지로 성령님도 지금 네 위에, 곁에 그리고 안에 있지만, 네가 그걸 모□

로고 있을 뿐이다.

그것도 그럴 듯합니다.

— 예수님도 제자들에게 성령을 보내 주겠다고 말씀하셨다. 너는 그가 몸소 말한 것을 꼭 지키는 분이라고 믿느냐?

예, 그는 그런 분이셨지요.

— 그럼 그가 모든 제자들에게 성령을 보내겠다고 했으니 그대로 약속을 지켰으리라고 믿느냐?

예, 그랬겠지요. 나는 그가 다른 사람들에게 당신의 성령을 보내시는 것을 이해할 수 있습니다. 그렇지만 과연 그가 나에게도 당신의 성령을 보내셨을까요?

나는 아프고 싶지 않습니다, 하느님.

나는 아프고 싶지 않습니다, 하느님.

하느님, 만일 당신이 사랑의 하느님이시라면 어째서 이 세상에 질병이라는 무서운 것이 있도록 버려두시는지 이해할 수가 없습니다. 어떨 때 저는 그만 죽어버리고 싶을 만큼 아픈 적도 있었어요. 왜 질병 같은 것들이 세상에 있어야 하는지, 어디 그 이유를 좀 시원하게 말씀해 주시겠습니까?

— 너는 병을 앓고 난 뒤에 거기에서 뭔가 배운 게 있었느냐?

뭔가 배웠느냐고요? 도대체 고통으로부터 뭘 배울 수 있단 말인지 모르겠군요. 그게 나를 어떻게 가르칠 수 있겠습니까? 글쎄요— 한번 언젠가 지독한 병에 걸려 24시간 아무 것도 먹지 못하고 누워 있을 때 의사가 와서 물 한 컵을 주는데 도무지 무슨 맛인지조차 알 수 없던 그런 때가 있었어요. 벌써 몇 년 전 이야기지요. 그렇지만 나는 그 일을 기억하고 아무 것도 아닌 물 한 컵 맛있게 먹을 수 있는 걸 늘 고맙게 여기곤 했습니다. 언젠가 학교에서 응급처치 공부를 할 때 안대로 눈을 가리고 건물에서 나와 건물을 한 바퀴 돌고 다시 들어가는 훈련을 한 적이 있었는데, 그때 시각장애인이 얼마나 불편할까를 조금 깨달았었지요. 그리고 또 몇 년 전에는 한 10주간쯤 앓아누운 적이 있는데 다시 건강하게 될 지 걱정을 많이 했었습니다. 그러다가 다시 회복되어 그 후로 늘 건강을 감사하면서 살고 있습니다.

— 그러면, 보자. 너는 나에게 어째서 질병같이 무서운 것이 지구상에 있는지 그 까닭을 대보라고 했는데…

그만둡시다.

내 집작인데
기도하는거 그저
버릇이라구 •••
하느님이 들으셔 ?

난 꿈도 안꾼다구

나는 아무도 부르지 않았소!

나는 침대에 기어들어 기도를 하기 시작했다. 그때 전화 교환수 같은 목소리가 기도를 방해하였다.

"당신이 걸으신 번호는 폐기된 번호입니다. 불통이에요."

"무슨 소리를 하는 거요? 내가 건 번호가 폐기된 번호라니? 나는 지금 밤기도를 드리고 있는 중이오!"

"도움이 필요하시거든 다이얼 0번을 돌리세요…"

"여보시오! 나는 교환의 도움이 필요 없어요."

"더 자세히 알고 싶으시면 번호부를 참조하십시오."

"무슨 뚱딴지같은 소리요? 내가 지금 하려고 하는 것은 다만 지난 수십 년간 해 온대로 밤기도를 드리려는 것뿐이오. 당신 좀 들어가 주시오."

"누구를 부르셨는지요?"

"나는 아무도 부르지 않았소. 나는 그저 나의 기도를 드리려는 것뿐이오."

"당신의 통화로 닿기를 원하는 상대방이 누구인가요?"

"닿기를 원한다니? 글쎄, 아마도 하늘에 닿기를 원하겠지. 하지만 보시오. 내가 하려고 하는 것은 다만 나의 기도를 드리려는…"

"거기 있는 누구 한 사람을 지명해 주시겠습니까? 아니면 하느님이라도?"

"여보시오… 나는 어떤 누구에게 실제로 말을 하려는 게 아니오! 이해 못하겠어요? 어느 누구도 아니오. 그러니 제발 좀 내가 기도를 할 수 있게 들어가 주시오."

하느님은 나같은 따위도
사랑하신다?

기독교를 크게 오해하다

나는 이제 기독교를 이해하겠어요. 하느님은 당신의 아이인 나에게 이렇게 말씀하시는 아버지 같은 분이지요. "너는 너무나도 못돼 먹었어! 너는 너무나도 나쁜 짓을 했기 때문에 너를 서서히 그리고 고통스럽게 죽이지 않을 수 없다. 너는 이제 영원히 죽고 또 죽어야 할 것이다. …네가 지금이라도 무릎을 꿇고 못되게 굴었던 지난날을 고백하며 나에게 자비를 구하지 않는다면!"

— 너는 아주 잘못 생각하고 있구나. 나의 진리와는 거리가 먼 얘기다! 나는 너를 사랑한단다. 그리고 나는 네가 나의 아들이 되기를 원하고 있어.

당신은 절대로 나를 사랑하실 수 없어요! 나는 너무 너무 못된 놈이거든요. 아무도 나 같은 놈을 사랑할 수는 없습니다.

— 그렇지만 나는 너를 사랑한다.

그러나 내가 그걸 어떻게 알 수 있지요?

— 너를 위해 나는 나의 아들을 보냈다. …네가 의심하지 않고 믿게 하기 위해.

당신이 나를 사랑하셨다고요? 정말입니까? 확실해요?

더 많이 기도해야 하는 줄은 알고 있어요

하느님 더 많이 기도해야 하는 줄은 알고 있었습니다. 그것을 당신이 좋아 하신다는 것도 잘 알고 있어요. 내가 무엇을 해야 하는지 알고 있다는 말씀입니다.

— 안심해라.

나는 회개의 기도와 찬양의 기도를 드려야 한다는 것도 알고 있어요.

— 안심하라니까…

그리고 용서를 비는 기도와 영광을 돌리는 기도를…

— 안심해라!

그리고 중보의 기도와 도움을 요청하는 기도와 물질을 요구하는 기도도 드려야 한다는 것을 잘 알고 있습니다. 나는 기도에 관해 써놓은 책들을 읽었어요. 그래서 이런 기도들을 드려야 한다는 걸 알게 되었습니다.

— 안심하고 좀 조용히 있거라.

오, 잊은 게 있어요. — 기쁨의 기도, 공경의 기도, 고양의 기도…

— 조용히! 기도는 네가 해야 만 하는 무엇이 아니다. 기도는 의무가 아니야! 기도는 네가 할 수 있는 무엇이다. 너는 기도를 할 수 있는 거야. 너는 언제든지 네가 원하는 때에 나와 대화를 나눌 수 있다는 말이다.

그렇지만 내 생각에는…

나는 내길을가는거지···
그리고, 어떻게든 내운명의
한몫을
하는거야
°°°

성 베드로 회전문 앞에서 생긴 일

꿈에 나는 죽어서 천당이라는 델 갔다.

어느덧 나는 성 베드로의 회전문(빙글 빙글 돌면서 한 사람만 들어가게 되어 있는 문) 앞에 긴 줄을 서 있는 사람들의 꽁무니에 붙어 있었다.

세 가지 생각이 동시에 나의 머리를 스쳐갔다.

진짜로 천당이라는 데가 있었구나…

그리고 천당은 역시 아름답구나…

그리고 내가 여기 와 있구나!

세상에 있을 때 나의 친구들은 천당이 있고 하느님이 있고 죽은 뒤에 가는 세상이 있다는 말을 하면 웃어대곤 했다. 그래도 나는 그들에게 그런 말을 해야 했다.

그들에게 혹시 우편엽서라도 보내 줄 수 없을까 하여 두리번거리다가 문득 나는 문 앞에 서 있는 자신을 발견하였다.

나는 회전문을 떠밀고 안으로 들어섰다. 성 베드로가 나의 손을 잡으며 영접했다.

"어서 들어오게"하고 그는 다정하게 말했다. 그리고는 나의 얼굴을 자세히 들여다보는 것이었다.

"그런데 무슨 걱정거리라도 있는 모양이군. 여기 있는 게 불편한가?"

"아닙니다. 편해요… 조금도 불편하지 않아요. 다만 어떻게 저 세상에 남아 있는 친구들에게 이곳 이야기를 전해 줄 길이 없을까 하고 생각했을 뿐입니다."

말을 하면서 얼른 사방을 둘러보니 과연 천당은 내가 상상했던 것보다는 훨씬 더 아름다운 곳이었다. 순간 좋은 생각이 떠올랐다. 회전문을 밀고 들어 왔으니 다시 회전문을 밀면 이번에는 밖으로 나갈 수가 있지 않겠는가?

나는 성 베드로에게 손을 흔들면서 회전문으로 달려가 나가는 쪽을 밀었다. 그런데 회전문은 꼼짝도 않았다.

"문이 열리지 않아요!" 하고 나는 성 베드로를 불렀다.

"밖으로 나가는 문은 열리지 않네"하고 그가 대답했다.

나는 침대 발치의 기둥을 힘껏 차면서 잠에서 깨어났다.

그리고 나는 깨달았다…나는 여전히 친구들과 함께 이 땅에 머물러 있는 것이다. 나는 여전히 어떻게 그들을 설득시킬 수 있을지 모르겠다.

그러나 이제는 누군가 도와줄 이가 있음을 알 수 있을 것도 같다.

하느님이 사람을 만드실 때

하느님이 사람을 만드실 때

천국이 온통 술렁거렸다. 천사들은 떠도는 소문을 믿을 수가 없었다. 하느님께서 사람을 만드시는데 당신 모습대로 만드는데다가 천사들과 같은 피부색으로 만드신다는 것이었다!

천사들은 하느님이 지구를 만드시고 물과 땅을 가르시는 것을 지켜보았다.

그들은 또 땅 위에 풀과 나무를 자라게 하시는 것도 보았다.

그리고 육지의 짐승과 바다의 고기를 만드시는 것도 보았다.

마침내 하느님은 사람을 만드시기 시작하였다.

"쉿―" 천사들은 숨을 죽이고 하느님의 손끝을 보았다. 하느님은 흙을 한 줌 집어, 그것으로 모양을 빚기 시작하였다. 천천히 조심스럽게 하느님은 사람의 각 부분을 만드셨다. 천사들은 숨도 안 쉬고 하느님의 손끝에서 태어나는 새로운 피조물을 바라보았다.

하느님은 이윽고 일손을 멈추셨다.

"아아―" 하는 탄성이 천사들 사이에서 터졌다! 그들은 먼저 하느님의 얼굴을 쳐다보고 나서 서로 상대방을 바라보았다. 이게 어찌된 일인가? 하느님께서 만드신 사람의 피부색이 희지 않은가?

한 천사가 말했다. "아무래도 어딘가 잘못 된 거야!"

다른 천사가 대꾸했다. "그래, 잘못이 아니라면 하느님이 장난을 하신 거야!"

그러자 하느님이 말씀하셨다. "그렇지 않다. 내가 일부러 그를 희게 만들었어. 그러나, 내가 오늘 하나의 규정을 만들었다. 이 사람의 후손들 가운데는 우리와 같은 색깔이나 비슷한 피부를 지닌 자들도 있게 될 것이다."

한 천사가 새까만 얼굴을 새까만 손으로 가리며 한숨 쉬었다.

"흰둥이라니! 오, 얼마나 수치스런 피부색인가!"

"이제 곧 너도, 내가 이 사람을 사랑하듯이 사랑하게 될 것이다." 하느님이 그 천사의 어깨를 감싸 안으며 말씀하셨다. "그는 비록 흰둥이지만, 그래도 사람이란다."

나는 어쩔 수 없이 백인이 되었다

나는 어쩔 수 없이 백인이 되었다

내 말은, 이것이 바로 나의 타고나 피부색이라는 말이다.

내가 이 색깔을 선택한 것은 아니다. 사실 말이지 나의 피부색에 관하여 나로서는 할 말이 없다.

나는 그저 이렇게 태어났을 뿐이다.

그런즉, 나는 당신들이 나를 유심히 살펴보아 — 원한다면 꿰뚫어 보아도 좋다 — 이 피부 색깔에 당신들의 눈이 익숙해져서 더 이상 이상하게 보지 않게 된다면 고맙겠다.

나아가서 나는 당신들이 나를 당신들과 같은 인간으로 생각해주기를 희망한다.

내가 이런 피부색을 지녔다는 사실은 그리 중요한 일이 아니다. 안 그런가?

내 말은, 모든 사람이 형제요 자매가 아니냐는 말이다. 우리는 모두 한 아버지의 아들딸이 아닌가? 그러므로 우리의 피부색은 그리 큰 문제가 되지 않는다.

물론 나는 내가 아주 소수 인종에 속해 있다는 사실을 잘 알고 있다.

이 세계의 대다수 인종이 나보다는 피부색이 검은 편이지. 그러나 나는 당신들이 우리 사이에 그 어떤 차별도 두지 않기를 바란다.

나는 나도 어쩔 수 없이, 백인으로 태어났다.

누가 이 쓰레기를 치워 주겠나?

우리 친구들 중에는 결혼한 지 37년이 되었는 데도 아직까지 집안 쓰레기를 누가 치울 것인가 하는 문제를 해결 못한 부부가 있다.

아내는

남편이 할 일이라고 우기고,

남편은 주장하기를

부지런한 아내라면 적어도 하루에 한 번

쓰레기를 치워야 한다고 한다.

언젠가 그들의 집을 방문한 적이 있는데

여기 저기 쌓인 쓰레기 더미 사이로

이리저리 길을 찾아야 했다.

그들의 집안 뜰은 온통 잡동사니로 가득 차 있는 게 갈수록 더러워지는 이 세상의 모습 그대로였다.

역시 문제는

누가 이 쓰레기를 치우느냐 — 이다.

소리 지른 사람은 저입니다

때로, 하느님, 제가 지니고 있는 온갖 좋은 것들 — 가정, 친구, 웃음, 즐거움, 슬픈 순간들과 행복한 순간들, 음악, 내 힘으로 할 수 있는 일거리, 나를 향해 쏟으시는 당신의 관심… 들을 생각해봅니다.

이런 것들을 생각할 때마다 저는 꼼짝없이 사로잡힙니다. 당신은 너무 많은 좋은 것들로 이 세상을 가득 채우셨습니다. 그것들을 생각할 때마다 제 가슴에 솟아나는 기쁨을 표현할 길이 없을 만큼.

그런즉, 어느 날 누가 지붕 꼭대기에 올라가 두 팔을 번쩍 들고는 "만세" 하고 소리 지르더라도 놀라지 마십시오.

옮기고 나서

물음은 언제나 대답을 포함한다. 사람이 사람에 관하여 혹은 하느님에 관하여 묻는 물음 속에는 성스러운 무엇이 포함되어 있다. 그것은 몇 마디 말로써 표현될 수 없는 것이면서 또한 수십만 마디 말로써도 표현될 수 없는 것이다.

다만, 의미는 물음을 묻는다는 것 그 자체에 있다. 이 책은 젊은이들이 하느님에 관하여, 하느님과 세계의 관계에 관하여 정직하게 묻는 물음들이다. 간단한 형식을 지니고 있지만 그것들이 포함하고 있는 의미의 세계는 결코 단순하지 않다.

일단 세상에 태어난 이상 우리는 보다 깊은 의미를 찾아 끊임없이 도전하고 고민해야 할 의무를 지닌다. 그것은 하느님을 찾는 순례의 길이 될 수도 있고 자기를 발견하는 탐색이 될 수도 있다.

우리는 생각을 하면서 살아간다. 생각이란 꼭 로댕의 「사색하는 사람」처럼 심각한 폼을 잡고 해야 하는 것은 아니다. 버스의 손잡이를 잡고 서서도 할 수 있고, 변소에 앉아 할 수도 있다. 일상생활 속에서 스쳐지나가는 생각들을 순간에 포착하는 기술이야말로 얼마나 멋진 기술인가?

　이 책을 옮기면서 무척 재미가 있었다. 이 재미가 확산될 것을 나는 믿었고 친구들도 그럴 것이라고 했다.

　이 어려운 시절에 이춘호 선생이 책을 만들어보자는 참으로 갸륵한 뜻을 실천함에 있어 콧날이 찡해오는 걸 숨기고 싶지 않다.

　그렇다 우리는 서로 믿고 의지해야 한다. 각박한 세상일수록 우리는 때로 웃음 속에 눈물을 감추며 살아가는 멋을 잃지 않아야 한다.

　이 책은 가난한 목사, 가난한 화가, 가난한 출판쟁이가 가난한 독자들을 위하여 땀 흘려 만들었다. 하느님께서는 굽어 살피시어 이 책을 읽는 사람들에게 즐거움과 눈물을 내려주옵소서. 아멘.

죽변에서 이현주

한 권의 책 속에 숨은 이야기.

　　출판사를 하는 사람이 지은이도 아니면서 이렇게 책 뒤에 사족을 다는 것이 결례인 줄 알면서도 굳이 다는 이유는, 이 책에 각별한 사연이 있기 때문입니다. 33년 전 제가 출판 길을 걸으며 세 번째로 낸 책이었고, (첫 번째 책은 최완택 목사님의 '아름다운 순간'으로 다시 펴냄) 그 후 우여곡절이 있은 후에 다시 펴내는 남다름이 있기 때문입니다. 34년 동안 오직 한 길 출판에만 몸을 담았지만, 부족함과 욕심 때문에 출판사를 잠시 접었다가, 이렇게 당그래출 판사를 시작한 지는 이제 25년이 됩니다. 늘 저를 아껴주시는 분들의 마음을 속상하게 하고 안 쓰럽게 했음에도 그 분들은 내내 제 곁에서 질책하며 함께 해주셨습니다.

　　저는 그 사랑을 어떤 것으로도 보답할 수는 없습니다. 이 책은 그 당시 잠시 출판되었던 책으 로, 그 뒤로도 주변 사람들이 다시 출판되어 함께 나누어 볼 수 있었으면 좋겠다는 말씀들을 하셔서 그 고마운 마음 간직한 채 살다가, 이제사 돌려드리고자 다시 책을 펴냅니다. 책의 모 양도 그 옛날 그 모습 그대로, 그림도 그대로 이철수형의 그림을 담습니다. 그림을 주고 애정 을 주었던 고마움과 그 맑은 웃음 지금도 잊지 않고 있습니다. 어디 그뿐인가요. 이 책이 나왔 을 때 만났던 반가운 님들 모습도 생각납니다. 이 책을 통해 다시 만남을 간절히 바래봅니다.

　　그때는 청년이었는데…, 이제 환갑을 바라봅니다. 그때 그 시절로 다시 돌아가고 싶지만, 세 월을 돌려놓을 수는 없는 것이고…. 이제 되돌아 갈 수도 없지만 다시 가는 방법은 오늘 충실 하게 사는 것 아닌가 생각됩니다. 천직인 이 길을….　　　　　　　(책 만드는 사람 이춘호 올림)

아름다운 순간

최완택 목사 수상집 / 신국판 320쪽 / 8,000원

유·소년 시절부터 감리교 신학대학 시절과 떠돌이 목회생활, 그리고 83년 민들레교회를 열고 지금에 이르기까지 이야기를 잔잔한 어조로 쓴 글. 목사의 수상집이라는 선입관을 떠나서 오히려 비신앙인들에게 더욱 감동을 일으킬 만한 책.

"무엇보다 중요한 것은 그가 이 시대로서는 좀처럼 만나기 힘든 '이야기꾼'이라는 것이다. 그렇다고 해서 그가 달변의 이야기꾼은 아니다. 오히려 어눌한 목소리에 부끄러움 가득한 그이지만, 그럼에도 불구하고 그의 이야기가 우리 가슴에 파고드는 것은 사라져만 가는 우리 가운데의 진실을 이야기하고, 또 그의 이야기를 들으면 듣는 이 마다 아름답고 신선한 힘을 얻어 스스로 위로와 용기를 얻기 때문이다." -(추천사 중에서)

이 시대의 인간들은 바야흐로 어떤 심각한 다른 공해의 위협보다도 말과 글의 공해로 인해 희망도 사라지고 인류의 모든 구제가 끝난 25시를 살고 있다고 생각한다. 구원을 받기에도 너무 늦었고 살거나 죽기에도 너무 늦었고 모든 것이 너무 늦어진 그런 시간에, 이미 최후의 시간에서 한 시간이나 더 지난 시점에 우리는 서 있는 것이리라.

그럼에도 불구하고 이 글들을 쓰게 된 것은 오로지 한 조그만 믿음 때문이었다. 추억거리도 없고, 삶이 메마르고 보잘 것 없는 누구라도 자기 이야기를 씀으로써서 사람들이 자기의 아름다운 이야기를 다시 생각할 수 있고 자기 인생을 다시 돌아다 보아 새 삶을 살게 될 수만 있다면 나는 이야기 속에서 죽어도 좋다는 믿음 때문이었다.

이 보잘 것 없는 이야기를 쓰고 이야기해 오는 동안 정작 나의 이야기보다 더 빛나는 이야기들을 간직하고 있는 사람들을 여럿 만났는데, 그들이 내 이야기를 통해 지금까지 잊고 있던 자기 자신의 이야기를 다시 생각해내고 그 이야기 속에 기가 막히도록 아름답고 신선한 힘이 깃들어 있는 것을 깨닫고 스스로 위로를 받고 용기를 얻는 것을 보면서 나 또한 얼마나 큰 위로와 용기를 얻었는지 모른다. -(지은이 후기 중에서)

이름값을 하면서 살고 싶다

이현주 · 최완택 목사 지음 / 신국판 294쪽 / 8,000원

北山과 二吾.

두 물건이 처음 만난 게 1963년 봄. 올해로 35년(글쓸 당시) 되었다. 그리고 보니 꽤 오래 헤어지지 않고 만난 것 같다. 밖에서 보나 안에서 보나 두 사람은 영 딴판이다. 그런데도 이렇게 붙어 있는 것은, 하나는 南이고 하나는 北인 때문인지 모르겠다. 우리는 서로 바라보았다. 그 뿐이다. 내 기억에 우리는 서로 간섭하지 않았다. 단 한번도 그러지 않았다. 그냥 바라보는 눈빛을 나누었을 뿐이다. 그것을 '믿음'이라고 말해도 되겠다. …… 우리가 만일 '우정(友情)'을 소중하게 생각했더라면 벌써 헤어졌을지 모른다. 우리는 다만 사람답게 사는 길을 생각했고, 그 길이 여러 갈래로 나누어질 수 있음을 알았고, 그러나 그 모든 길이 한 쪽만을 향한다는 사실을 잊지 않았다. ……北山과 二吾. 두 물건을 만나게 하였고, 다른 길을 갈 수 있게 하였고, 언제나 헤어짐으로 만날 수 있게 한 '거리(間)'에 대하여, 그것으로 우리를 이끄신 힘에 대하여, 감사한다. (二吾의 글 중에서)

二吾와 北山.

두 사람이 「민들레교회 이야기」에 써 온 글들을 모아 책을 낸 것이 1986년 여름이었다. 이름하여 『이토록 뜨거운 만남』(도서출판 三民社), 당시 변호사 자격을 박탈당하고 출판사를 하던 한승헌 선생이 우리의 우정을 좋게 보시고 두 사람의 글을 한권의 책으로 엮어 주신 것이다. ……사람들은 二吾 · 北山 두 사람의 사이가 책 이름만큼 뜨거운 사이인줄 아는 모양인데 그게 아니고 『이토록 뜨거운 만남』은 二吾가 쓴 글의 제목일 뿐이다. 우리는 뜨거운 사이가 아니다. 책머리에 二吾가 쓴 것처럼 우리는 지난 35년을 헤어지지 않고 서로 달리 길을 가면서 함께 한 길을 가며 살아왔을 뿐이다. …… 二吾는 聖經을 따라 길을 가고 北山은 山길을 따라 길을 가는데 다같이 그분에게로 가는 것이다. (北山의 글 중에서)

두 분의 이야기 샘이 그토록 무궁무진하고 힘이 있는 것은 이웃을 향한 진실하고 뜨거운 사랑이 멈추지 않기 때문이라고 생각합니다. 두 분 삶의 체험이 갈피마다 살아 있는 글 모음집. 이 좋은 선물이 민들레 솜털처럼 많이 흩어져, 읽는이들의 가슴마다 희망과 기쁨으로 뿌리내릴 수 있기를 바랍니다. - 이해인(수녀, 시인)

물이 없으니 달도 없구나

-이현주 목사가 옮겨적은 동양의 지혜 / 46판 184쪽 / 9,000원

수피(Sufi)는 마호멧교의 승려를 가리키는 말인데, 그들에 관한 이야기는 아직 우리 독자들에게 잘 알려지지 않았다. 독자들은 수피의 선문답을 주로 실은 이 책을 통해 중동(中東)의 신선한 지혜를 엿볼 수 있다. 또한 각 편 끝에 목사이면서 작가이고 명번역가인 필자가 감칠맛 나는 우리말로 해설을 붙여 놓았는데, 또한 그 글을 통해 옮겨적은이의 지혜까지 얻어 볼 수 있다.

이와같이 나는 들었노라

마이다 슈이치 지음 / 이현주 목사 옮김 · 46판 168쪽 / 9,000원
· 필사본 112쪽 / 4,000원

李아무개는 새롭게 만난 스승의 가르침과 이끄심에 감사하면서 심중의 희열을 사람들과 나누고 싶어 눈이 충혈되고 어깨기 쑤시는 것을 무릅쓰고 이 책을 만들어 세상에 내놓는다. 우연히 이 책을 읽게 된 이들 가운데, 참된 스승을 만나 인생 최고의 행복을 누리는 이가 하나라도 있다면 고마운 일이겠다. 세상은 아름답고 착하다. 오래 살려고 애쓸 것 없다. - 옮긴이의 글에서

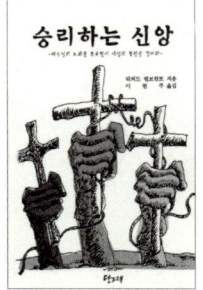

승리하는 신앙

리처드 범브란트 지음 / 이현주 목사 옮김

범브란트 목사의 이 토막글이 우리의 가슴 깊은 데 와 닿는 까닭은 뭐니뭐니 해도 극심한 고통 속에서 그것을 끝내 견딜 수 있었던 그의 따뜻하고 깊고 막무가내한 신앙 때문이리라. 그렇다! 그의 한은 한마디 한마디가 흔희들 탁상공론으로 끝나고 마는 우리들의 신앙생활을 부끄럽게 만들고, 참으로 용기와 신념이 필요한 사람에게는 그들이 찾던 모든 것이 되어준다. 그를 어둠 속에서 꼭 붙잡아 주셨던 예수님께서 오늘 이 책을 읽는 당신도 꼭 붙잡아주실 것이다. -옮긴이의 글에서

이현주

이현주 목사는 관옥(觀玉) 또는 이오(二吾)라고도 불린다. 목사, 동화 작가, 번역 문학가이기도 한 그는 1944년 충주에서 태어나 감리교신학대학교를 졸업했다. 따뜻한 영혼으로 동서양을 아우르는 글을 쓰면서 대학과 교회 등에서 강의도 하고 있다. 모든 사람들이 몸과 마음에 좋은 생각들을 담아 좋은 마음으로 살아가기를 바라는 마음으로 고향인 충주에서 글을 쓰고 있다.

저서로 『사람의 길 예수의 길』 『이아무개의 장자 산책』 『대학 중용 읽기』 『무위당 장일순의 노자 이야기』 『길에서 주운 생각들』 『이아무개 목사의 금강경 읽기』 『이아무개 목사의 로마서 읽기』 『이아무개의 마음공부』 『젊은 세대를 위한 신학강의』 『예수의 죽음』 『지금도 쓸쓸하냐』 『성서와 민담』 『나의 어머니, 나의 교회여』 『돌아보면 발자국마다 은총이었네』 『장자산책』 『길에서 주운 생각들』 등이 있고, 역서로 『배움의 도』 『사랑 안에서 길을 잃어라』 『숨겨진 보물을 찾아서』 『예언자들』 『세기의 기도』, 『아, 그렇군요』 등이 있고, 동화로는 〈알게 뭐야〉 〈살꽃이야기〉 〈가죽피리〉 〈웃음총〉 〈바보온달〉 등 많은 작품이 있다.

보통사람의 신앙고백 ①
하느님은 내가 여기 있는 줄도 모르시겠지
초판 1쇄 발행 / 1981년 9월 9일
개정 1쇄 발행 / 2013년 7월 9일

지은이 | 바바라 유르겐센
옮긴이 | 이 현 주
펴낸이 | 이 춘 호
펴낸곳 | 당그래출판사

등   록 | 제22-38호 등록일자
주   소 | **100-250** 서울 중구 예장동 1-72 (퇴계로 32길 34-5)
전   화 | 02)2272-6603
팩   스 | 02)2272-6604
홈   피 | dangre.co.kr
이메일 | dangre@dangre.co.kr

값 6,000원

ⓒBarbara Jurgensen, Printed in Korea, 1981

당그래.논 밭의 흙을 고르거나 씨뿌린 뒤 흙을 덮을 때, 곡식을 모으거나 펼 때 사용하는 우리 농기구 이름이고, **당그래출판사**는 각지 사방에 흩어져 있는, 우리 삶에 양식 될 원고를 모아 정성들여 펴내는 일을 하는 곳입니다.